打造一個家
Building a Home

作者　　波莉·法伯

繪者　　克拉斯·法蘭

譯者　　謝靜雯

文／波莉·法伯 圖／克拉斯·法蘭 譯／謝靜雯

主編／胡琇雅 行銷企畫／倪瑞廷 美術編輯／xixi

董事長／趙政岷 總編輯／梁芳春

出版者／時報文化出版企業股份有限公司

　　　108019台北市和平西路三段240號七樓

發行專線／（02）2306-6842

讀者服務專線／0800-231-705、（02）2304-7103

讀者服務傳真／（02）2304-6858

郵撥／1934-4724時報文化出版公司

信箱／10899臺北華江橋郵局第99信箱

統一編號／01405937

copyright © 2022 by China Times Publishing Company

時報悅讀網／www.readingtimes.com.tw

法律顧問／理律法律事務所 陳長文律師、李念祖律師

Printed in Taiwan

初版一刷／2022年02月18日 初版二刷／2024年05月09日

版權所有 翻印必究（若有破損，請寄回更換）

採環保大豆油墨印製

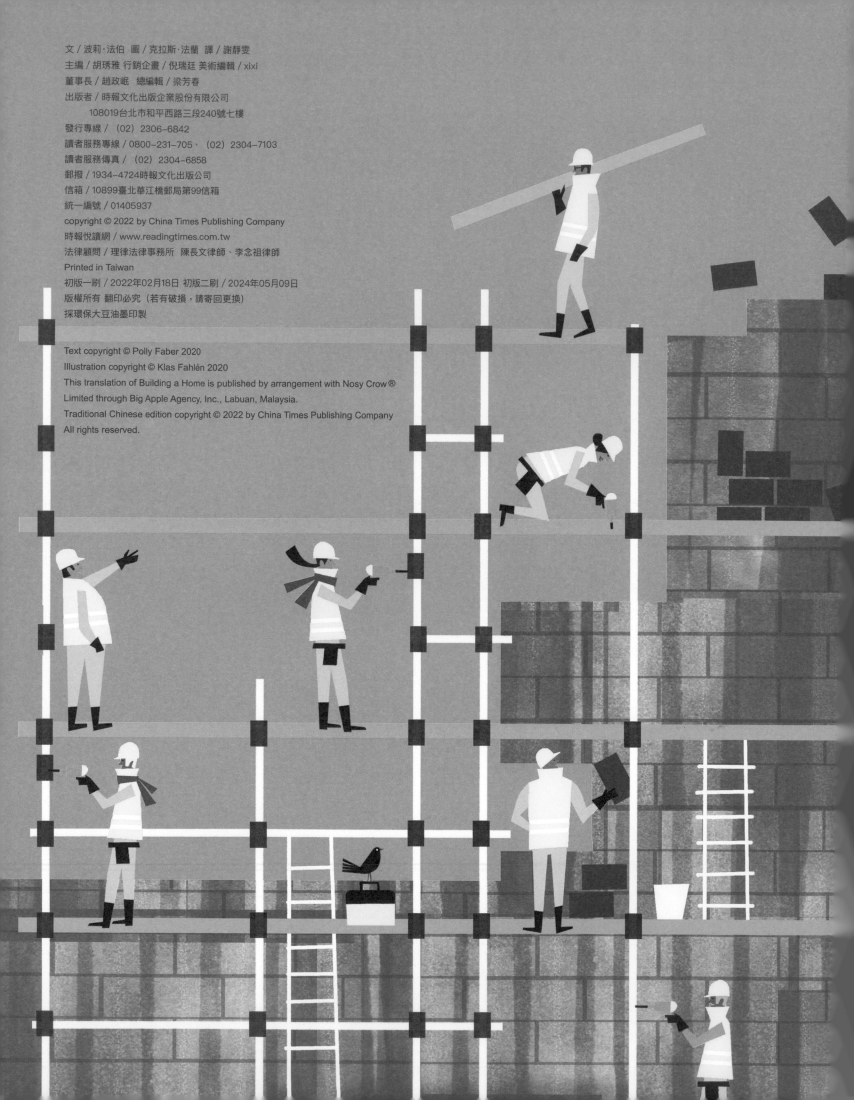

作者 波莉·法伯　　譯者 謝靜雯　　繪者 克拉斯·法蘭

Polly Faber　　　　　　　　　　Klas Fahlén

打造一個家
Building a Home

城鎮邊緣有一棟老舊建築。

以前有人在那裡上班，後來閒置不用。

窗戶破了、屋頂漏水。

那棟建築逐漸瓦解，每天多垮掉一些。

不過， 建築師艾美正在為它畫新的設計圖。

艾ㄞˋ美ㄇㄟˇ完ㄨㄢˊ成ㄔㄥˊ之ㄓ後ㄏㄡˋ，

由ㄧㄡˊ工ㄍㄨㄥ頭ㄊㄡˊ諾ㄋㄨㄛˋ曼ㄇㄢˋ負ㄈㄨˋ責ㄗㄜˊ發ㄈㄚ號ㄏㄠˋ施ㄕ令ㄌㄧㄥˋ，
他ㄊㄚ負ㄈㄨˋ責ㄗㄜˊ安ㄢ排ㄆㄞˊ適ㄕˋ當ㄉㄤ的ㄉㄜ人ㄖㄣˊ手ㄕㄡˇ和ㄏㄢˋ機ㄐㄧ具ㄐㄩˋ
到ㄉㄠˋ正ㄓㄥˋ確ㄑㄩㄝˋ的ㄉㄜ位ㄨㄟˋ置ㄓˋ。

黛ㄉㄞˋ西ㄒㄧ負ㄈㄨˋ責ㄗㄜˊ
推ㄊㄨㄟ土ㄊㄨˇ機ㄐㄧ，

道ㄉㄠˋ格ㄍㄜˊ負ㄈㄨˋ責ㄗㄜˊ
大ㄉㄚˋ挖ㄨㄚ土ㄊㄨˇ機ㄐㄧ，

還有
更大的塔式起重機，
由珍操作。

一段接一段，
珍的塔式起重機逐漸往上搭。
一磚又一磚，
那棟老舊建築逐漸往下降。

建築物有很大一部分會倒塌，
但不是全部———
有些部分可以重新利用。
有一大部分可以回收。

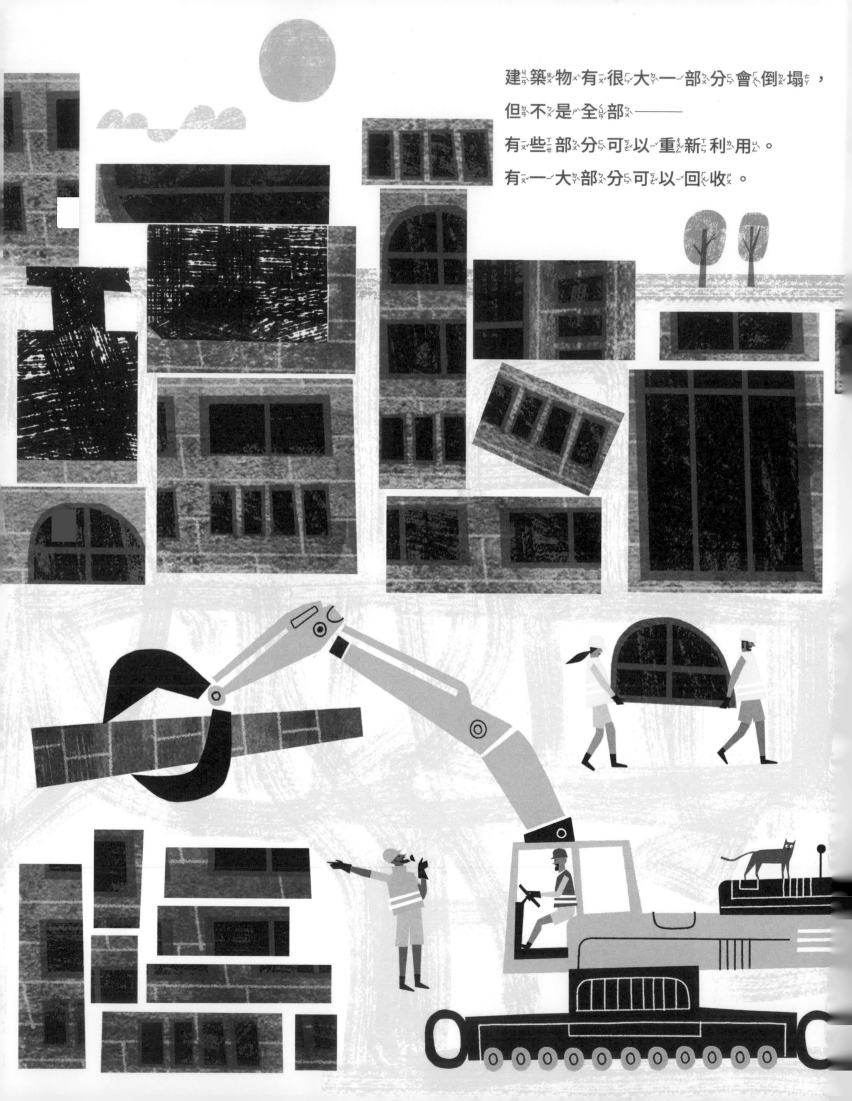

道ㄉㄠ格ㄍㄜ和ㄏㄜ黛ㄉㄞ西ㄒㄧ清ㄑㄧㄥ走ㄗㄡ斷ㄉㄨㄢ瓦ㄨㄚ殘ㄘㄢ礫ㄌㄧ。
他ㄊㄚ們ㄇㄣ又ㄧㄡ挖ㄨㄚ又ㄧㄡ壓ㄧㄚ，
直ㄓˊ到ㄉㄠ這ㄓㄜ塊ㄎㄨㄞ地ㄉㄧ變ㄅㄧㄢ得ㄉㄜ平ㄆㄧㄥ平ㄆㄧㄥ整ㄓㄥ整ㄓㄥ。

團ㄊㄨㄢ隊ㄉㄨㄟ裡ㄌㄧ有ㄧㄡ些ㄒㄧㄝ人ㄖㄣ過ㄍㄨㄛ來ㄌㄞ
做ㄗㄨㄛ完ㄨㄢ一ㄧ項ㄒㄧㄤ工ㄍㄨㄥ作ㄗㄨㄛ之ㄓ後ㄏㄡ
就ㄐㄧㄡ離ㄌㄧˊ開ㄎㄞ。

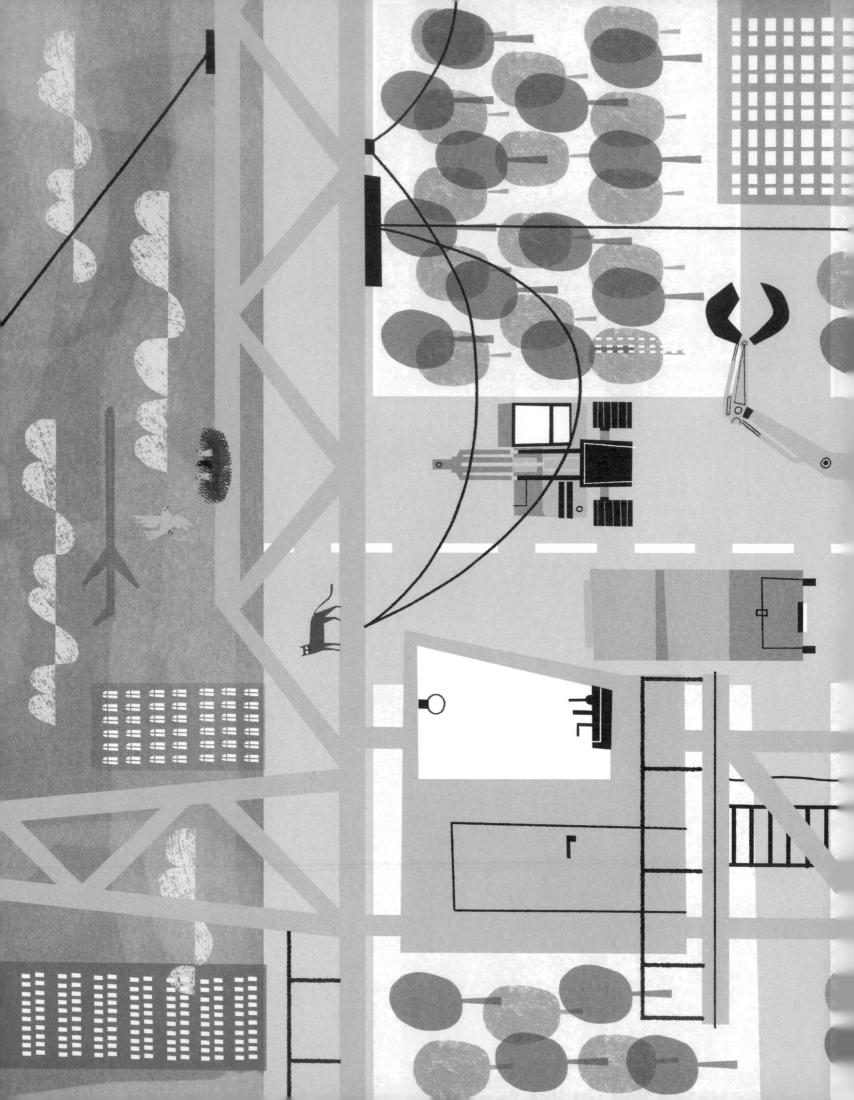

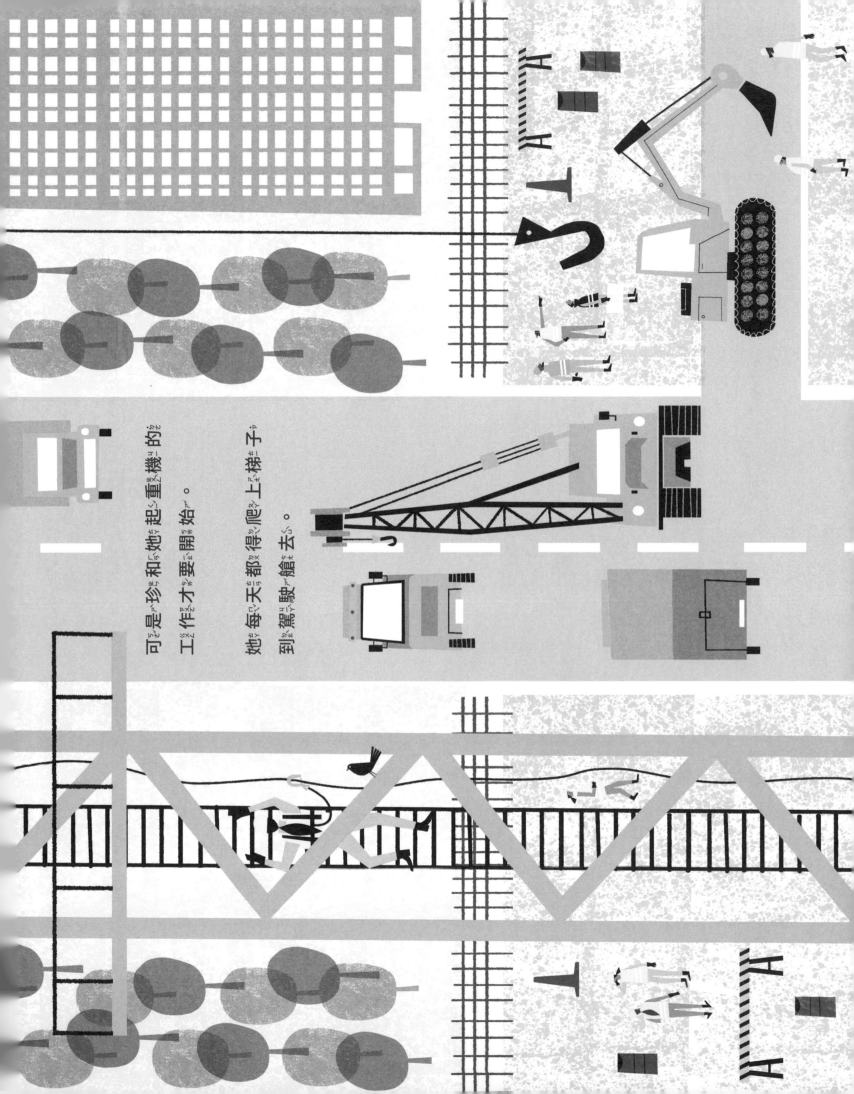

可是這珍稀和她起重機一的
工作才要開始。

她每天都得爬上梯子
到駕駛艙去。

為了讓這棟新建築筆直又穩固，
地底下的地基必須打得很堅固。

道格的挖土機往下挖得很深。
珍的起重機將管子抬進去，
準備要搭造新的排水總管。
艾美和諾曼仔細檢查，
確定一切就緒。

等他們都滿意以後，就叫山吉特過來……

……他將混凝土車開過來。

車上的圓筒不停攪拌、轉動，
山吉特將水泥倒進去。

團隊必須等水泥凝固。

17

他們等了又等……

24

終於準備好了！
團隊忙碌起來。
卡林和卡米爾裝上鋼筋。
那些鋼筋超級堅固，
也非常笨重。

珍和她的起重機
用鍊子移動這些鋼筋……

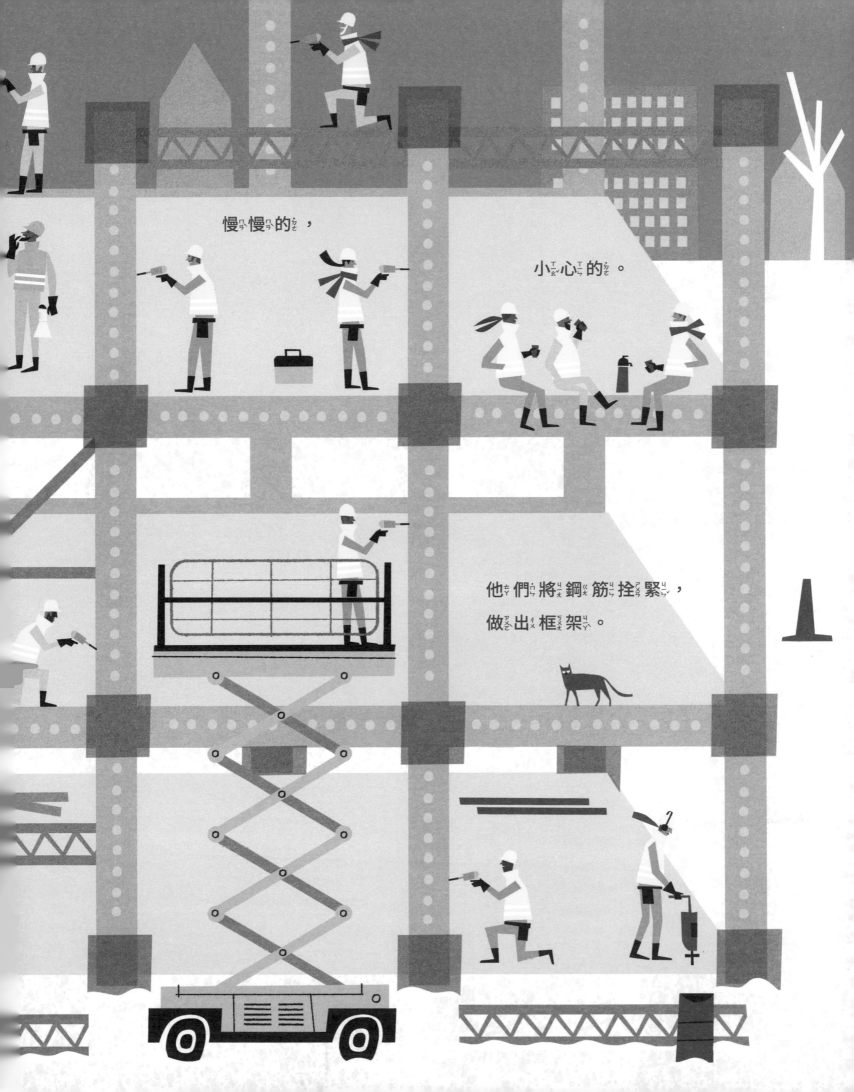

慢ㄇㄢˋ慢ㄇㄢˋ的ㄉㄜ，

小ㄒㄧㄠˇ心ㄒㄧㄣ的ㄉㄜ。

他ㄊㄚ們ㄇㄣ將ㄐㄧㄤ鋼ㄍㄤ筋ㄐㄧㄣ拴ㄕㄨㄢ緊ㄐㄧㄣˇ，
做ㄗㄨㄛˋ出ㄔㄨ框ㄎㄨㄤ架ㄐㄧㄚˋ。

拉吾爾、芙瑞亞、
恰克、米克用抹刀
搭起一層又一層的
空心磚與磚塊。

牆壁悄悄的
越升越高……

露與喬登用鐵管和木板
搭出高高的鷹架，
幫助大家抵達頂端。

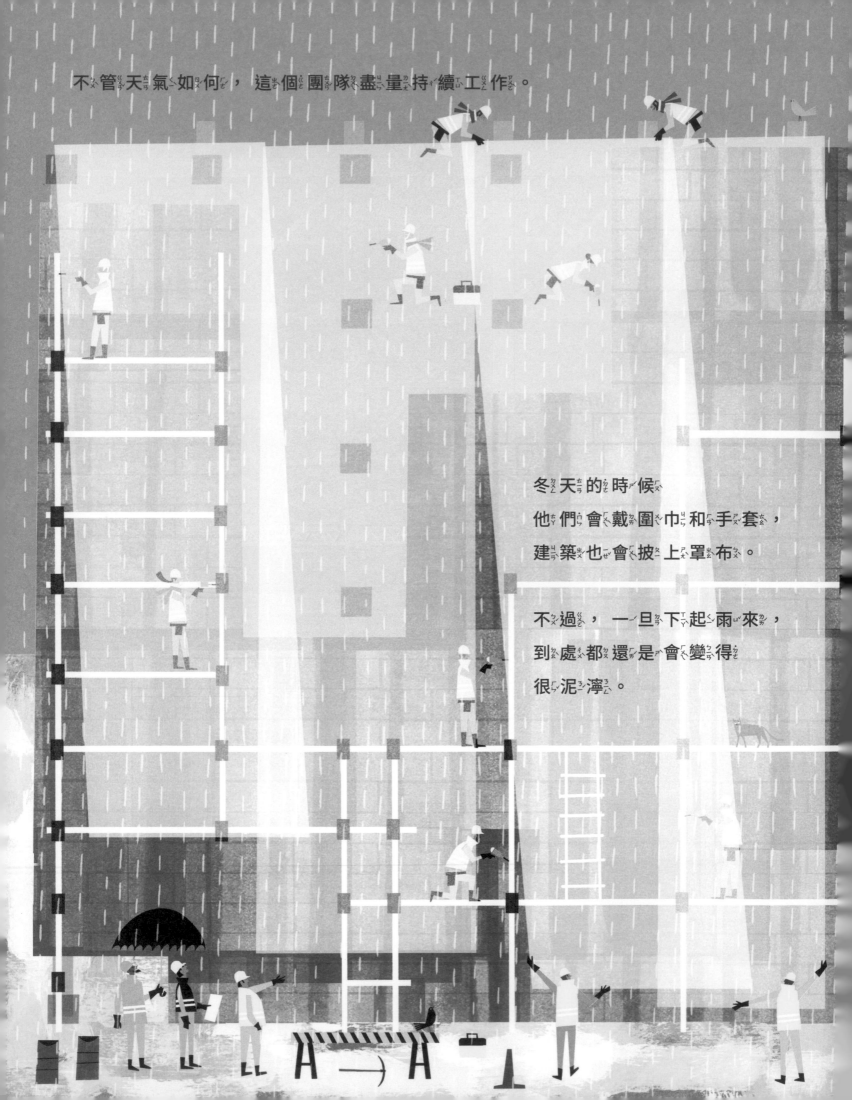

不管天氣如何，這個團隊盡量持續工作。

冬天的時候
他們會戴圍巾和手套，
建築也會披上罩布。

不過，一旦下起雨來，
到處都還是會變得
很泥濘。

風太大的時候，
珍必須從塔式起重機下來。
建築工人和建築工程會暫停。

春天來了。 牆壁建好了。

罩布和金屬管子也移開了。

馬魯夫負責搭建屋頂，

珍的塔式起重機幫忙裝上窗戶玻璃。

從外頭看來，

這棟建築幾乎完成了。

但是裡面……

李維和艾瑪又鋸又釘，
用木板打造樓梯、門、地板。

珊莫負責裝設
水管、水龍頭、馬桶——
它們很重要。

瑪雅在每個房間拉電線
以便安裝插座和開關。

巴斯特在牆壁及天花板
抹上灰泥，
直到表面平坦滑順。

現在，
諾曼要煮個水泡茶就很輕鬆了！

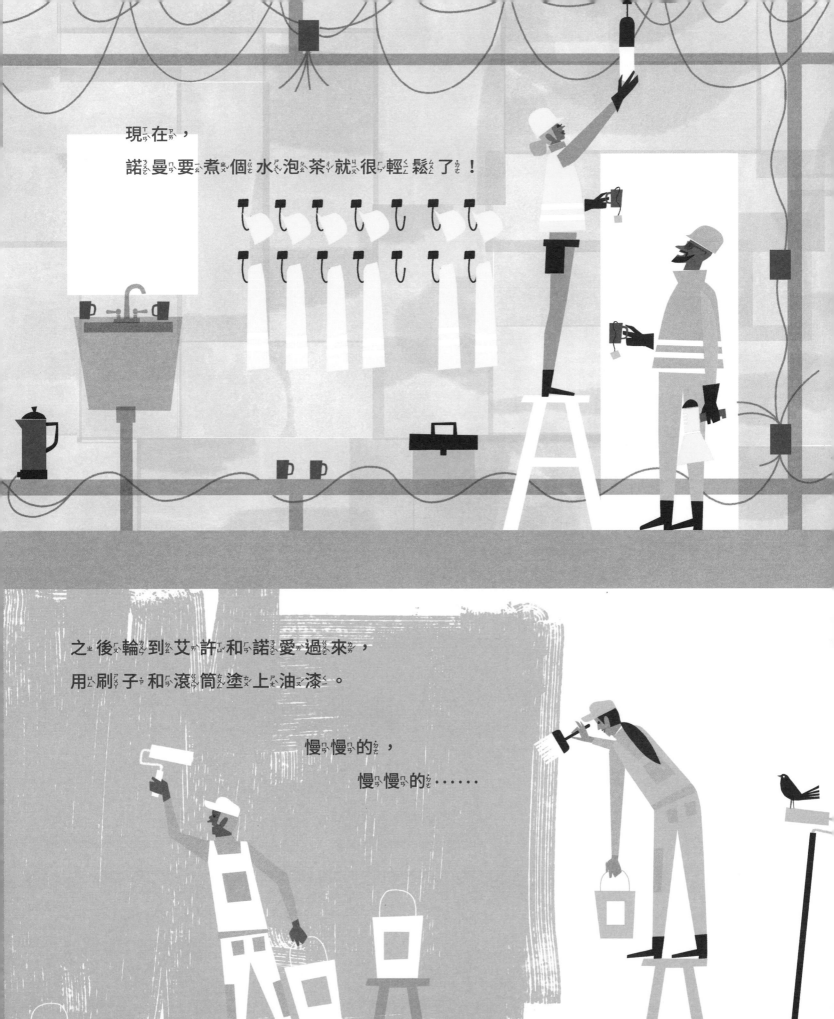

之後輪到艾許和諾愛過來，
用刷子和滾筒塗上油漆。

慢慢的，

慢慢的……

新建築幾乎完成了。
剩下地面和屋頂的植栽要種。

最後，珍的塔式起重機拆掉了。

團隊將這裡打掃乾淨——
他們要撤離了。
明天，他們會再次開始，
在別的地方建造別的東西。

不過，這棟建築還缺少一樣東西……

家庭！
他們陸陸續續搬進來了。
現在，這棟位於城鎮邊緣、
汰舊換新的建築，終於……

是ㄕˋ個ㄍㄜˋ家ㄐㄧㄚ了ㄌㄜ。

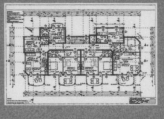

詞彙表

建築工人

建築師：
像艾美這樣的建築師
會構想出新建築，
畫出詳細的營建設計圖。

鷹架搭建員：
像露那樣的鷹架搭
建員會將管子拴在
一起，做出平檯，
好讓建築工人到更
高的樓層去。

水管工：
像珊莫這樣的水管工
會搭好管線，讓水可
以順利流進流出一個
家，無論是為了暖氣、
清洗、飲用或沖馬桶。

工頭：
像諾曼這樣的工頭
會追蹤每天的工作
狀況，確保每個人
的安全。

木工：
像艾瑪這樣的木工會用木頭製
作門、樓梯和其他東西。

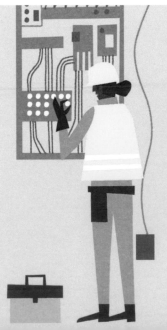

電工：
像瑪雅這樣的電工會
將電線連起來，做出
電路，讓燈光和插座
的電力可以安全運作。

推土機：
像黛西在操作的推土機可
以推倒牆壁， 推開笨重的
東西， 將地面清理乾淨。

營建機具

挖土機：
像道格在操作的挖土
機也叫挖掘機。 可以
抬起、 移動物料， 也
能用挖斗挖掘地面。

混凝土攪拌車：
山吉特操作的混凝土攪拌車會不停轉
動滾筒， 免得裡面的水泥變硬。

平斗起重機：
平斗起重機用
來移動笨重與
長型的東西，
從管子到珍的
塔式起重機組
件。

塔式起重機：
像珍所操作的塔式起
重機可以移動建材到
需要的地點， 不管是
在地面或在高處。

建築工人必備用品

在建築工地工作的每個人都要穿特殊的衣服，維護自己的安全，並且讓自己容易被看見。

安全帽：
用來保護腦袋。

鮮豔的夾克：
容易被看見。

堅固的靴子：
保護雙腳安全。

大聲公：
像諾曼那樣的工頭需要大聲公，確保他下達的指示能被聽見。

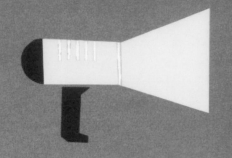

防護耳罩：
建築工地很吵雜。使用像電動鎚鑽機那樣吵雜的工具時，耳朵就需要保護。

餐盒和保溫瓶：
像珍那樣的起重機操作員，會把一整天工作所需的東西帶到駕駛艙——下來一趟要花好久時間！

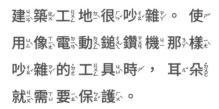

建築工人的工具

建築工人需要用不同的工具來處理每種工作。

用**鋸子**
來切割。

用**鐵鎚**
來敲釘子。

用**鑽孔機**
來鑿洞。

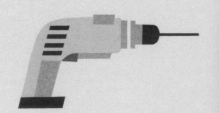